のっぽのサラ

Sarah, plain and tall

パトリシア・マクラクラン 作
金原瑞人 訳　中村悦子 絵

のっぽのサラ　目次

1　ママの歌

「ママはいつもうたってたの？」ケイレブがたずねました。
「うたわない日はなかったの？」ケイレブは、ほおづえをついて暖炉《だんろ》わきの椅子《いす》にすわっています。もう、夕暮《ゆうぐ》れどき。暖炉わきの床石《ゆかいし》はあたたまっていて、その上にうちの犬が二ひき寝《ね》そべっています。
「そう。いつもいつもうたってたわ」こう答えるのは、今週になって二度目《どめ》。今月になって二十回目。今年になって百回目くらい？　二、三年前《まえ》、ケイレブがこのことをききだしてからだと、もう何回目になるかしら……。
「パパもうたってたの？」

「パパもうたってたわ。ほら、暖炉《だんろ》にそんなに近づいちゃだめ。からだがほてっちゃうわよ」

ケイレブが椅子《いす》を後ろにひくと、椅子の脚《あし》が床石《ゆかいし》とすれて、間のぬけた音がひびきました。犬たちがもぞもぞ動《うご》きました。黒くて小さいほうがロッティ。ロッティはしっぽをふって頭を上げました。でもニックのほうは、そのままいねむりをつづけました。

わたしは台所《だいどころ》のテーブルにおいた大理石の板《いた》の上で、パン生地《きじ》を何度《なんど》もひっくりかえしています。

「でもパパはもう、うたわないね」ケイレブが、小さな声でつぶやきました。暖炉のまきが割《わ》れて、ぱちぱち火《ひ》の粉《こ》が上がりました。ケイレブはわたしを見上げて、いいました。

「ぼく、生まれたとき、どんなだった？」

「まっぱだかだったわ」

「そんなことわかってるよ」

「そうね、こんなふうだったわ」わたしは、白いパン生地《きじ》をまるめてみせました。

「髪《かみ》の毛《け》が生えてたはずだよ」ケイレブが、まじめな顔でいいかえしました。

「少しだけね」

「それで、ママがケイレブって名前をつけてくれたんだよね」ケイレブは話をつづけました。もう耳にたこができるくらい、くりかえした話です。

「わたしだったら、『やっかいぼうず』って名前をつけるわね」

ケイレブはそれを聞いて、にやっと笑《わら》いました。

「それからママは、ぼくを黄色の毛布《もうふ》に包《つつ》んでおねえちゃんに渡《わた》して……」ケイレブは、わたしがその話をしめくくるのをまっています。「おねえちゃんに渡してから……それから……ほら……」

わたしは、ため息《いき》をついてから答えてやりました。

「『ほらアンナ、かわいいでしょう』っていったのよ」

「ぼく、かわいかったんだよね」ケイレブがいいました。

ケイレブは、話はそれで終《お》わりだと思っています。だからわたしは、ケイレブをほんとはどう思ったのかは、いわないことにしています。ほんとうは、生まれたばかりのケイレブはぶさいくで、くさくて、ぎゃんぎゃん泣《な》きわめいていたのです。

でも、そんなことは、どうってことありません。次の朝、ママが死《し》んだのです。ケイレブが生まれたときのことで、いちばんいやな思い出は、ママが死んだことでした。

「ほらアンナ、かわいいでしょう」

それが、ママがわたしにいった最後《さいご》のことばでした。あのとき、わたしは、なんてひどい顔をした赤《あか》ん坊《ぼう》だろう、と考えながら寝《ね》てしまいました。「おやすみなさい」をいうのも忘《わす》れて。

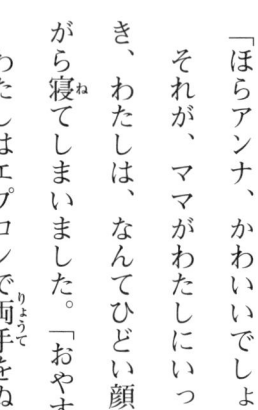

わたしはエプロンで両手《りょうて》をぬぐってから、窓《まど》のところにいってみました。窓のむこうには、大草原がどこまでもどこまでも広がっていて、はるか遠くで空とつながっています。もう冬も終《お》わりだというのに、あちこちに点々と雪と氷《こおり》が残《のこ》っています。草原のなかをぬうように続《つづ》いている長い道をみながら、わたしはママが死《し》んだ朝のことを思い出していました。

太陽《たいよう》がようしゃなく照《て》りつける夏の朝のことです。みんなが馬車でやってきて、ママの遺体《いたい》を運《はこ》んでいって、お墓《はか》に埋《う》めました。それから、いとこや、おばさんや、おじさんたちがうちに来てくれました。でもやっぱり、大きなあながぽっかりあいてしまったような感《かん》じでした。

ひとり、またひとりと、みんなが帰っていきました。それからは、真夏《まなつ》だというのに、冬のような暗《くら》く長い毎日がつづきました。パパはうたわなくなりました。

——ほらアンナ、かわいいでしょう。

——ぜんぜん。

生まれたばかりのケイレブがかわいいだなんて、とても思えません。ケイレブを好《す》きになったのは、まる三日たってからです。

パパが夕食のお皿《さら》を洗《あら》っていて、わたしが暖炉《だんろ》のそばの椅子《いす》にすわっていたときのことでした。ケイレブが小さな手でわたしのほおにさわって、にっこりしたのです。わたしはその笑顔《えがお》を見て、ケイレブを好《す》きになったのだと思います。

「どんな歌だったか、覚《おぼ》えてる？」ケイレブがたずねました。「ママがうたってた歌」

わたしは外を見るのをやめて、ふりかえりました。

「ううん。花や鳥の歌をうたってたのは覚えてるけど……。夜には、ときどきお月様の歌もうたってたわ」

ケイレブは、床《ゆか》に寝《ね》そべっているロッティの頭をなでました。

「そうかあ」ケイレブは元気のない声でいいました。「おねえちゃんがママの歌を覚えててくれたら、ぼくもママのこと、思い出せたかもしれないのにな」

きゅうに涙《なみだ》がこみ上げてきて、わたしは目をぱちぱちさせました。

そのとき、ドアがあいて、風といっしょにパパが家に入《はい》ってきました。わたしはシチューをかきまぜにいきました。パパは両腕《りょううで》でわたしをだくと、鼻《はな》をわたしの髪《かみ》に押《お》しつけました。

「今日のシチューは、せっけんのいい匂《にお》いがするぞ」

わたしは声をあげて笑《わら》いました。

「それ、わたしの髪の匂いよ」

ケイレブがやってきて、両手《りょうて》でパパの首にぶらさがりました。パパはケイレブを前後にゆらゆら、ゆらしてやりました。犬たちが体を起《お》こしました。

「町は寒《さむ》かった。それにジャックが、かんしゃくを起こしてな」

ジャックというのは、パパが子馬のときから育《そだ》て

上げた馬の名前です。

「あの役たたずめ」パパはぶつぶついっていますが、顔は笑《わら》っています。なにをしようと、ジャックはパパの大のお気に入りなのです。

わたしはシチューをよそって、灯油《とうゆ》のランプに火をつけて、それからみんなで食《しょく》事《じ》をしました。ロッティとニックはテーブルの下で、押《お》しあいながら、食《た》べ物《もの》が落ちてきはしないか、だれかがくれはしないかと待ちかまえています。

その晩《ばん》、もしケイレブがあんなことをたずねなければ、パパはサラのことを話さなかったかもしれません。それは、お皿《さら》を下げて、洗《あら》ったあとのことでした。パパがブリキのバケツに暖炉《だんろ》の灰《はい》を入れていると、ケイレブがいきなりこんなことをいいだしたのです。ちっともたずねるという感《かん》じではなかったのですが。

「パパはうたわなくなったんだね」

ちょっと責《せ》めるような口調《くちょう》でした。でもそれは、パパを責めていたわけではなくて、ずっとそのことばかり考えていたせいでした。

「どうして？」今度《こんど》は少しやわらかく、ケイレブがつづけました。

パパはゆっくり腰《こし》をのばしました。それから長いこと、だれもなにもいいませんでした。ロッティとニックが、ふしぎそうに見上げています。

「昔の歌は、もう忘《わす》れてしまったんだ」パパはおだやかにいって、椅子《いす》にこしかけました。

「だが、思い出す方法《ほうほう》があるかもしれないぞ」パパはそういうと、わたしとケイレブを見上げました。

「どうやって？」ケイレブが、ぱっと目を輝かせてたずねました。

パパは椅子の背《せ》にもたれかかって、いいました。

「いくつかの新聞に、広告《こうこく》をだしておいたんだ。『助け、求む』となｊ」

「お手伝《てつだ》いさんに来てもらうの？」わたしは、びっくりしていいました。

ケイレブとわたしは顔を見あわせて、吹《ふ》きだしてしまいました。前のお手伝いさんの、ヒリーさんのことを思い出したのです。ヒリーさんは、まんまるに太っていて、動《うご》くのがのろくて、おまけに足をひきずっていました。夜は、まるで笛《ふえ》のついたやかんみたいないびきをかくし、火種《ひだね》をたやすこともよくありました。

「いや」パパがゆっくりいいました。「お手伝いさんじゃあない」

それからちょっと口《くち》をつぐんでからいったのです。

「パパの奥《おく》さんだ」

「奥さん？」ケイレブは目をまんまるにして、パパを見ました。「それって、ママってこと？」

ニックがパパのひざに、顔をすりつけました。パパはニックの頭をなでてやりました。

「ということになるな。マギーさんのような人に来てもらおうと思っているんだ」

うちのとなりには、マシューさんという人が住《す》んでいます。となりといっても、ずっと南のほうなのですが。そのマシューさんが、前に広告《こうこく》をだしたことがありました。おくさんになって、子どもたちの世話をしてくれる人を探《さが》したのです。それでテネシー州《しゅう》から、マギーおばさんがやってきました。髪《かみ》がカブみたいに白くて、よく笑《わら》う人です。

パパはポケットに手をつっこんで、白い紙をとりだして広げました。

「それで、返事《へんじ》が来たんだ」パパはそういうと、手紙を読んでくれました。

ジェイコブ・ウィッティング様《さま》

はじめまして。サラ・ウィートンと申《もう》します。封筒《ふうとう》でおわかりのように、メイン州《しゅう》に住《す》んでいます。新聞の広告《こうこく》を拝見《はいけん》して、お手紙しております。

求婚《きゅうこん》されたことはありますが、結婚《けっこん》したことはありません。今は、兄のウィリアムといっしょに暮《く》らしていますが、兄は近々結婚することになっております。兄の結婚相手は、若《わか》くて元気のいい娘《むすめ》さんです。

わたくしは海のそばのこの土地で暮《く》らすのが大好《だいす》きなのですが、今度《こんど》ばかりは家をでる必要《ひつよう》があると感《かん》じております。といいましても、これ以上《いじょう》東にいくとなると、海しかありません。そういうわけで、もうおわかりと思いますが、わたくしのいくさきは限《かぎ》られてくるわけです。こんなことを申し上げて、どうぞお気を悪《わる》くなさらないでください。

そんなわけで、わたくしは家をでようと考えております。じょうぶで働《はたら》き者《もの》ですが、あまりおとなしい性格《せいかく》ではありません。

もしご返事《へんじ》いただけるようでしたら、どうかお子さんたちのことと、住んでらっしゃる土地のことをお教えください。それから、もちろんウィッティングさんのことも……。

サラ・エリザベス・ウィートン

追伸《ついしん》

ネコはお嫌《きら》いでしょうか。一ぴき飼《か》っているのですが。

パパが読み終《お》えても、だれもしゃべりませんでした。パパは手紙を両手《りょうて》で持って、今度《こんど》は黙《だま》って読みはじめました。しばらくしてから、わたしは、横《よこ》にいるケイレブの顔をちらっとのぞいてみました。ケイレブはにこにこしています。わたしもにこっとしました。

「ひとつお願《ねが》いしてもいい？」静《しず》まりかえった部屋《へや》のなかに、わたしの声がひびきました。

「なんだい？」パパが顔を上げました。

わたしはケイレブの肩《かた》に腕《うで》をまわしていいました。

「歌をうたうのが好《す》きか、きいてほしいの」

2 サラからの手紙

ケイレブとパパとわたしは、それぞれサラに手紙を書きました。そして草原の雪と氷《こおり》がとけてしまう前に、みんな返事《へんじ》をもらいました。最初《さいしょ》に来たのは、わたしへの手紙です。

アンナへ
ご心配《しんぱい》なく。髪《かみ》は編《あ》めます。それからシチューを作ったり、パンを焼《や》くのもだいじょうぶ。でもどちらかというと、本棚《ほんだな》を作ったり、ペンキをぬったりするほうが好きです。

わたしの好《す》きな色は、海の色です。青と緑《みどり》と灰色《はいいろ》。天気によって色が変《か》わるんです。兄のウィリアムは漁師《りょうし》ですが、兄にいわせると、霧《きり》におおわれた海のまんなかにいると、まわりの水が、なんともいいようのないふしぎな色に見えるんだそうです。

こちらではカレイやスズキやムツがとれます。ときにはクジラを見かけることもあるそうです。それから、もちろん鳥もいます。海の鳥の本をいっしょに送《おく》ります。兄やわたしが毎日見ている鳥を、見てください。

サラ・エリザベス・ウィートン

この手紙は、ケイレブが何度《なんど》も何度も読みかえしたので、インクがにじんで、おり目のところがやぶれてしまったほどです。ケイレブは、海の鳥の本も、くりかえしくりかえし見ていました。

「来てくれるかなあ」

ケイレブがいいました。

「それに、ずっといてくれるかなあ。ぼくたち、うるさくてしょうがないなんて思われたら、どうしよう?」

「あんたがうるさくてしょうがないのは、たしかね」わたしはいってやりました。

でもほんとうは、わたしも心配《しんぱい》でした。サラは海が好《す》きで好きで、たまらないのです。海からはなれて、畑《はたけ》と草原と空のほかになにもないようなところに、来てくれるでしょうか。

「ここに来ても、このうちが気に入らなかったらどうしよう？」ケイレブがいいました。

「ぼく、うちは小さいんですって書いたんだ。あんなこと、書かないほうがよかったかなあ」

「もう、黙《だま》んなさいよ、ケイレブ」

やがてケイレブにも手紙の返事《へんじ》が来ました。封筒《ふうとう》にはネコの絵が描《か》いてありました。

ケイレブへ

わたしのネコの名前は、アザラシちゃんといいます。メイン州《しゅう》の沖《おき》を泳《およ》いでいるアザラシそっくりの灰色《はいいろ》をしているからです。ロッティとニックからのあいさつに、おおよろこびです。アザラシちゃんはもともと、犬が好きなんですよ。「ワンちゃんたちの足は、あたしのよりずっと大きいのねえ」といってます（アザラシちゃんも自分の足形を同封《どうふう》しました）。

そちらのおうちは、ずっといなかのほうで、おとなりも近くにはないということですが、とてもすてきな感じですね。こちらの家は、背《せ》が高くて、屋根《やね》は海の

塩《しお》のせいで白っぽくなっています。近くにはバラの茂《しげ》みがあります。
家のことは、ご心配《しんぱい》なく。ときには小さな部屋《へや》もいいなあと思ってますから。
それから、夜のあいだ火種《ひだね》をたやさないようにするのも、心配いりません。でも、
いびきをかくかどうかは、わかりません。だって、アザラシちゃんは、わたしに
教えてくれないんですもの。

サラ・エリザベス

「ほんとに火種のことやいびきのことをたずねたの？」わたしはあきれていいまし
た。
「だって、ききたかったんだもん」ケイレブが答えました。
ケイレブは、サラから来たその手紙をいつも持ち歩いて、家畜小屋《かちくごや》で読んだり、

畑《はたけ》で読んだり、牛が水を飲《の》む池のそばで読んだりしました。それから、きまって、夜ベッドのなかでも読みました。

ある朝早く、パパとケイレブとわたしで、家畜小屋の馬を入れる仕切《しき》りを掃除《そうじ》して、新しい干《ほ》し草《くさ》をしいていたときのことです。パパがふと仕事《しごと》の手をやすめて、長い柄《え》のついたフォークによりかかって、こういいました。

「もしよければ一カ月ほどうちで暮《く》らしてみたい、という手紙が来たんだ」パパの声が、暗《くら》い家畜小屋に大きくひびきました。「どんなふうなのか、見てみたいというんだ。ちょっと見にくるだけ、ということなんだが」

ケイレブは小屋《こや》の戸のそばで、腕組《うでぐ》みをして立っています。

「ぼく……」ケイレブが口を切《き》りました。「ぼく……」ケイレブは、もう一度《いちど》ゆっくりといってから、おおいそぎで、こうつづけました。「いいと思うよ……どう

ぞっていえば」

パパはわたしのほうを見ました。

「いいと思うわ」わたしは、にこにこして答えました。

「よし。じゃあ、そういうことにしよう」

そして三人とも、にこにこしながら仕事《しごと》にもどりました。

次の日、パパはサラへの手紙をだしに、町にいきました。

雨が何日もふりつづき、それから、くもりの日がつづきました。家のなかは、じめじめしていて、寒《さむ》くて、静《しず》かでした。わたしは一度《いちど》、テーブルにお皿《さら》を四枚《まい》並《なら》べてしまい、はっと気がついて、余分《よぶん》なお皿をかたづけました。

子羊《こひつじ》が三びき生まれました。そのうちの一ぴきは、黒い顔をしています。

それから、パパに手紙が来たのです。とても短《みじか》い手紙でした。

ジェイコブ様
汽車でまいります。
黄色の帽子《ぼうし》をかぶっていきます。
わたしはのっぽで、ぶさいくです。

サラ

「それなに？」ケイレブがはしゃぎながら、パパの肩《かた》ごしにのぞきこんで、指《ゆび》さしました。「ほら、手紙の最後《さいご》のとこ、なんて書いてあるの？」
パパはひとりで読んでから、にやっと笑《わら》うと、書いてある文字が見えるように、手紙をわたしたちのほうに向けました。

そこにはこう書いてありました。

アンナとケイレブに、『歌をうたうのは好《す》きです』とおつたえください。

3　黄色の帽子《ぼうし》

サラが来たのは、春のことでした。緑《みどり》の草原には、赤やオレンジ色のカステラソウや、ニワゼキショウの花が咲《さ》いていました。

その日、パパは朝早く起《お》きて、でかけるしたくをしました。駅《えき》までいってもどってくるのは、かなりの道のりです。てかてかに光るまでブラシをかけたパパの頭を見て、ケイレブが大笑《おおわら》いしました。パパは、きれいに洗濯《せんたく》した青いワイシャツを着《き》ると、いつものサスペンダーのかわりに、ベルトをしました。

パパは、ベスとジャックに干《ほ》し草《くさ》と水をやってから、なにか話しかけながら二頭を馬車につなぎました。年よりのベスは、おとなしくて落ち着いているのですが、

ジャックのほうは、目をむいて、首をのばしてはベスの首にかみついています。

「いい天気だなあ、ベス」パパが、ベスの鼻《はな》づらをなでながらいいました。

「こら、おとなしくしろ、ジャック」今度は、ジャックのほうに顔を近づけて、パパがいいました。

そうして、パパは、草原の道を馬車で走っていきました。パパの新しいおくさん……になるかもしれない、サラをむかえに。わたしたちの新しいママ……になるかもしれない、サラをむかえに。

道をちょこちょこ横切《よこぎ》っていた、何《なん》びきかの地《じ》リスたちが、後ろ足で立ち上がって、馬車を見上げました。ずっと遠くの草原ではマーモットが、なにかをかじっては耳をすまし、またかじっては、耳をすましています。

ケイレブとわたしは、おしゃべりもしないで仕事《しごと》をしました。家畜小屋《かちくごや》の仕切《しき》り

のふんをシャベルできれいに掃除《そうじ》してから、新しい干《ほ》し草《くさ》をしいて、それから羊《ひつじ》に餌《えさ》をやって、家のなかを掃除して、せいとんしてから、薪《まき》と水を運《はこ》んでおきました。それで仕事《しごと》はぜんぶおしまい。

ケイレブはわたしのシャツを、頭からかぶって着《き》ました。

「ぼくの顔、きれいになってる？」ケイレブはそうきいてから、「でも、あんまりきれいすぎちゃ、おかしいかなあ」と心配《しんぱい》そうにいいました。

「なにいってんのよ。きれいにはなってるけど、きれいすぎるなんてはずないでしょ」

わたしはケイレブといっしょにポーチに立って、道のむこうを見ていました。するとケイレブが、手をわたしの手のなかにすべりこませてきました。心配でたまらないのです。

「すてきな人だといいな」ケイレブがいいました。「マギーおばさんみたいな」

「きっとすてきな人よ」

「メイン州《しゅう》って、どれくらい遠くにあるの？」

「知ってるでしょ。ずっと遠くよ。海のそば」

「海を持ってきてくれるかなあ」

「ばかねえ。海は持ってこられないわよ」

羊がまきばで、かけています。ずっとむこうでは牛が、まるで亀《かめ》みたいに、のっそりのっそり池のほうに歩いています。

「ぼくたちのこと、気に入ってくれるかなあ」ケイレブが、ぽつんといいました。

家畜小屋《かちくごや》のむこうに、タカが輪《わ》を描《か》いて、舞《ま》い下りました。

ケイレブがわたしを見上げました。そして、自分で答えました。

「だいじょうぶだよ」

それから、「ぼくたち、いい子だもん」といいたしたので、わたしは、くすっと笑《わら》ってしまいました。

わたしとケイレブは、今か今かと、待っていました。ポーチで、わたしはゆり椅《い》子《す》にすわって、椅子をゆらし、ケイレブは木の床《ゆか》の上で、ビー玉をころがしています。あっちへころがしたり、こっちへころがしたり。青いビー玉です。

はじめに見えたのは、道の上にもうもうとあがった馬車の土けむりでした。そのなかに、ジャックとベスの頭が見えます。ケイレブがポーチの屋根《やね》によじのぼって、目の上に手をかざして、叫《さけ》びました。

「帽子《ぼうし》だ！　黄色の帽子だ！」

ニックとロッティが、耳を立ててポーチの下からでてきて、サラを運《はこ》んでくる土

けむりを見ています。馬車が、柵《さく》で囲《かこ》ったまきばのわきを走ってきました。牛や羊《ひつじ》が、ひょいと顔を上げます。馬車は風車小屋《ふうしゃごや》と家畜小屋《かちくごや》をまわり、ずっと昔にママが風よけに植《う》えたホソバグミの木立ちの横《よこ》をまわりました。

ニックが吠《ほ》えはじめました。ロッティも吠えはじめました。それからやっと馬車が、がたがた音をたてて庭《にわ》に入ってきて、ポーチの階段《かいだん》の前でとまりました。

「うるさいぞ」パパが、ニックとロッティをしかりつけました。

しんと静《しず》かになりました。

サラが馬車からおりてきました。手に布《ぬの》のかばんを持っています。それから手を上げて、黄色の帽子《ぼうし》をとると、結《ゆ》ってある髪《かみ》をなでつけました。

サラはのっぽで、ぶさいくでした。

「海、持ってきてくれた?」わたしのそばに立っていたケイレブが、大声でいいました。

「海のおみやげは持ってきたわよ」サラがにっこり笑《わら》いました。「それから、わたしもちゃんと来たわ」

サラはふりかえって、馬車から黒いかごをとりました。

「それと、アザラシちゃんも」

サラがそっと、かごのふたをあけると、アザラシちゃんがでてきました。体は灰《はい》色《いろ》で、足は白。ロッティは地面《じめん》にふせると、前足の上にあごをのせて、じろじろ見

ています。ニックは身《み》をかがめて、くんくん匂《にお》いをかいでから、おなじように地面《じめん》にふせました。

「そのネコは、家畜小屋《かちくごや》で飼《か》うといい」パパがいいました。「ネズミをとってくれるだろう」

「家のなかでもだいじょうぶですよ」サラがほほえみながらいいました。

サラはケイレブの手をぎゅっとにぎると、それからわたしの手をにぎりました。サラの手は大きくて、がさがさです。それから、ケイレブに貝がらを渡《わた》して、ムーン・スネイルよ、といいました。それは、潮《しお》の香りのする巻《ま》き貝《がい》でした。

「うちのほうにいる海鳥はね、貝をつかんだまま、高く舞《ま》い上がって、下の岩に落とすのよ」サラがケイレブにいいました。「そう

やって貝がらをくだいてから、なかみを食べるの」

「へえ、おりこうさんなんだ」ケイレブがいいました。

「アンナ、あなたにはこれ。海の石よ」

そういってサラは、つるつるしたまっ白な石をくれました。こんな石は見たことがありません。

「この石は、毎日、毎日、波《なみ》に洗《あら》われてころがるうちに、こんなふうに丸くつるつるになったのよ」

「波もりこうなんだ」ケイレブは、そういってからサラを見上げました。「ここには、海はないんだよ」

サラはふりかえって、草原を見渡《みわた》しました。

「そう、ここに海はないわね。でも、大地がうねっているのが、ちょっと海みたい」

パパは見ていませんでしたが、わたしはサラの顔を見ていました。ケイレブも見ていました。サラの顔からは、笑《わら》いが消《き》えていました。サラはもう、さびしくなっているのです。

一カ月くらいサラがうちにいてくれたら、パパとサラは結婚《けっこん》することになって、牧師《ぼくし》さんが結婚式《けっこんしき》をあげに来るかもしれません。でも一カ月というのは、ずいぶん長い時間です。そのあいだにサラは気が変わって、でていってしまうかもしれません。

パパは、サラの荷物《にもつ》を家のなかに運びました。サラの部屋《へや》はもう用意《ようい》ができています。ベッドにはキルトの掛《か》け布団《ぶとん》がかけてあるし、ベッドのそばの机《つくえ》の花びんには、青い亜麻《あま》の花のドライフラワーがさしてあります。

アザラシちゃんが体をのばして、みゅー、と鳴きました。わたしは、アザラシちゃんが、ニックとロッティのまわりをまわりながら、匂《にお》いをかいでいるのを見ていました。ケイレブが家からでてきて、わたしのそばにやってきました。

「いつ、いっしょにうたうの？」ケイレブは、こっそりたずねました。

わたしは首をふって、てのひらの上で白い石をころころころがしてみました。

この石みたいになめらかに、すべてがうまくいってくれますように。

サラが、わたしとパパとケイレブのことを、この石みたいにすてきだと思ってくれますように。

ああ、ここにわたしたちの海があればいいのに……。

4　サラの歌

サラと最初《さいしょ》になかよしになったのは、ニックとロッティでした。ロッティはサラのベッドのわきで、のんびり丸くなって眠《ねむ》るようになったし、ニックはサラが目をさますのを、いちばんさきに見ようと、朝になると掛《か》け布団《ぶとん》の上に頭をつきだして、待つようになりました。でも、アザラシちゃんの寝《ね》るところは、だれも知りません。いつでも気の向いたところで、寝るのです。

窓《まど》べには、サラの持ってきた貝が並《なら》んでいます。

「これがホタテガイ」サラはひとつずつ、つまみあげて教えてくれました。「ハマグリ、カキ、カミソリガイ。それから、これがソデガイよ。こうして耳に当てると、

ね、波《なみ》の音が聞こえてくるの」
サラは、ソデガイをケイレブの耳に当てて、それからわたしの耳にも当ててくれました。パパも聞いてみました。
それからサラはもう一度《いちど》、自分の耳に当てました。とてもさびしそうな顔。なんだかサラがきゅうに遠くへいってしまったような気がしました。ケイレブが、わたしにすりよってきて、そっといいました。

「サラにだけは、海の音が聞こえるんだね」

パパは恥《は》ずかしいみたいで、サラとあまり話をしませんでしたし、わたしもそうでした。ケイレブだけが、朝早くから日が暮《く》れるまで、サラとしゃべっていました。

「どこへいくの？」ケイレブがたずねます。「なにしにいくの？」

「花を摘《つ》みに」サラがいいました。「花をさかさにつるして、ドライフラワーにするのよ。そうしておくと、いくらか色が残《のこ》るの。そうすれば、冬のあいだずっと花を楽しめるでしょ」

「ぼくもいっしょにいく！」ケイレブが大声でいいました。

それからわたしに、「サラは『冬のあいだ』っていったよ」といいました。「ここにいるつもりなんだ」

三人で花を摘みました。カステラソウにクローバーにスミレ。囲《かこ》いの柵《さく》にからみついている野バラには、つぼみがついています。

「夏のはじめになると、このバラが咲《さ》くの」わたしはサラにいいました。サラには
わたしの考えていることが、わかったかしら。夏には結婚式《けっこんしき》がある……かもしれないのです。サラとパパの結婚式が。

わたしたちは花を小さな束《たば》にわけて、天井《てんじょう》からつるしました。

「この花は見たことがないわ」サラがいいました。「なんて花？」

「ヨメボウシ」わたしが答えました。

ケイレブはその名前を聞いて、にっこりしました。

「こんな花は海辺《うみべ》にはないわ」と、サラがいいます。「うちのほうにあるのはアキノキリンソウ、シオン、それからオグルマ」

「オグルマだって！」ケイレブがはしゃいで、オグルマソウの歌を作りました。

あたりいっぱいオグルマソウ
地面《じめん》にいっぱいオグルマソウ
高く高くのびちゃって
オグルマソウが鼻《はな》のなか

サラとパパは大笑《おおわら》いです。ロッティとニックが頭を上げて、しっぽで木の床《ゆか》をたたきました。アザラシちゃんは台所《だいどころ》の椅子《いす》にすわって、黄色の目でこちらをじっと見ています。

それから、みんなでサラの作ったシチューを食べました。夕方の光が窓《まど》からさしこんでいます。パンはパパが焼《や》きました。できたてで、まだほかほかです。

「このシチューはうまいなあ」パパがいいました。

「あたりきよ！」サラがうなずきました。「それにパンもね」

「『あたりき』って、どういうこと？」ケイレブがたずねました。

「うちのほうでは、『あたりまえ』っていうときに、そういうの。シチューをもっとどう？」

「あたりきさ！」とケイレブ。

「あたりきだとも！」パパも真似《まね》していいました。

食事《しょくじ》のあと、サラはみんなに、お兄さんのウィリアムさんのことを話してくれました。「兄はミツユビカモメ号《ごう》という船を持《も》っているの。白と灰色《はいいろ》の船よ」そういうと、サラは窓の外へ目をやりました。

「ミツユビカモメっていうのは小さな海鳥で、沖《おき》のほうを、ちょうど兄が漁《りょう》をするあたりを飛《と》んでいるんですって。うちの近くには、おばが三人いてね、三人とも変わり者で、絹《きぬ》のドレスを着《き》ているけど、靴《くつ》ははかないの。あなたたちもきっと好《す》きになるわよ」

「あたりきさ！」ケイレブがいいました。

「お兄さんはサラと似《に》てるの？」わたしはたずねました。

「ええ。兄も、のっぽでぶさいくなの」

夕暮《ゆうぐ》れどき、ポーチの階段《かいだん》で、サラがケイレブの髪《かみ》を切りました。それから切った巻《ま》き毛《げ》を集めて、柵《さく》や地面《じめん》の上にまきました。ポーチのまわりで髪《かみ》の毛《け》とじゃれているアザラシちゃんを、ロッティとニックが見ています。

「どうしてそんなことをするの？」ケイレブがたずねました。

「小鳥にプレゼント。巣《す》を作るのに使ってもらうの。そのうち、巻き毛の巣が見られるわよ」

「サラが『そのうち』っていったよ」みんなで切った髪をまきちらしているとき、ケイレブがわたしにそっといいました。「ずっとここにいるつもりなんだ」

サラは、パパの髪も切りました。わたしのほかにはだれも見ていなかったけれど、そのあとパパは、ひとりで家畜小屋《かちくごや》の裏《うら》にいって、鳥に使ってもらおうと、髪の毛を風に飛《と》ばしていました。

サラはわたしの髪にブラシをかけて、後ろでひとつにまとめてから、メイン州《しゅう》から持ってきたバラ色のベルベットのリボンを、結んでくれました。サラは、自分の長い髪もほどいてブラシをかけてから、また後ろで結《ゆ》い上げました。

それからわたしとサラは、いっしょに並《なら》んで鏡《かがみ》の前に立ちました。わたしはサラに似《に》て、いつもよりのっぽになったような感《かん》じがしました。それから、ほっそりしてきれいになった気もしました。髪《かみ》を後ろでまとめると、ちょっとサラの娘《むすめ》になったような、サラのほんとうの子どもになったような気がしました。

それから、歌がはじまったのです。

はじめて聞く歌でした。わたしたちはみんな、ポーチの椅子《いす》にすわっていました。暗闇《くらやみ》では虫がぶんぶん羽音をたてていて、牛が草をざわざわゆらしています。サラがうたってくれたのは、『夏は遠からじ』という歌で、みんなに教えてくれました。みんなでいっしょにうたいました。パパは、しばらくうたわなかったのがうそのようです。

はや、夏は遠からじ

カッコーも
うまし声にて鳴きにけり

「『遠からじ』って、どういうこと？」ケイレブがたずねました。ケイレブは、サラがうたったのを真似《まね》て、「とーからじー」といいました。

サラとパパが、いっしょに答えました。

「もうすぐ、ってことよ」とサラ。

「もうすぐ、ってことだよ」とパパ。

ケイレブとわたしは、顔を見あわせました。もうすぐ夏！

「明日は、羊《ひつじ》を見てみたいわ」サラがいいました。「まだ一度《いちど》もさわったことがないの」

「一度も？」ケイレブが椅子《いす》から身を乗《の》りだしました。

「一度もよ」サラはにっこり笑《わら》って、椅子の背《せ》にもたれかかりました。「でも、アザラシにさわったことはあるわよ。本物のアザラシにね。ひやっとして、つるつるしてるの。アザラシは魚みたいに、水のなかをすいすい泳《およ》ぐのよ。それに、鳴き声をあげたり、歌をうたったりもするの。吠《ほ》えることだってあるわ。ちょっと犬に似《に》た声でね」

サラは、アザラシの吠え声を真似しました。ロッティとニックが家畜小屋《かちくごや》から走ってくると、サラにとびついて、顔をぺろぺろなめました。サラが声をあげて笑います。サラがロッティとニックをなでて、耳の後ろをかいてやると、あたりは、また静《しず》かになりました。

「今ここで、アザラシにさわれたらいいのになあ」ケイレブがいいました。夜の闇《やみ》のなかに、ケイレブの声がひっそりひびきました。

「わたしも……」サラはため息《いき》をついてから、もう一度《いちど》、『夏は遠からじ』をうたいはじめました。

遠くの草原では、マキバドリもうたっていました。

5　うちの砂浜《すなはま》

サラは羊《ひつじ》を見て、にこにこしています。体を厚《あつ》くおおっている、ごわごわした毛に指《ゆび》をつっこんだり、話しかけたり、子羊《こひつじ》とかけっこをしたり、指をすわせたり……。サラは子羊に、大好《だいす》きな三人のおばさんの名前をつけました。ハリエット、マッティ、ルー。そしてまきばで、羊の横《よこ》に寝《ね》そべって、『夏は遠からじ』をうたいました。歌声《うたごえ》が風に乗って、まきばの草の上を渡《わた》っていきます。

とつぜん、サラが悲鳴《ひめい》をあげました。子羊が一ぴき死《し》んでいたのです。何羽ものヒメコンドルがどこからともなくやってきて、肉をついばんでいました。サラはヒメコンドルに向かって、こぶしをふりあげて、大声で叫《さけ》びました。ケイレブとわたしには、ぜったいそばに来《こ》させませんでした。

日が暮《く》れてから、パパがランタンを下げて、サラをむかえにいきました。子羊《こひつじ》を埋《う》めるシャベルも、持っていきました。サラはもどってくると、ひとりきりでポーチにすわりました。ニックがそっと近づいていって、サラのひざによりかかりました。

夕食が終《お》わると、サラは木炭《もくたん》で、メイン州《しゅう》の家に送《おく》る絵を描《か》きました。まず、海の波《なみ》のようにうねっている草原をかいてから、ばかでかい耳の羊《ひつじ》を一ぴき描いて、次に風車を描きこみました。

「フーシャって、ぼくが最初《さいしょ》に覚えたことばなんだ」ケイレブがいいました。「パ

パがそういったよ」

「わたしは、オハナだったって。ねえ、サラは何だったの？」

「砂浜《すなはま》よ」

「スナハマ？」ケイレブはサラを見上げました。

「メイン州《しゅう》には、海にそって切り立った崖《がけ》や、緑《みどり》の針《はり》みたいな葉《は》をしたマツやトウヒにおおわれた山が、とっても多いの。でも、兄とわたしは、ふたりだけの砂浜を見つけたのよ。そこの砂《すな》はさらさらしてて、こまかい雲母《うんも》がまじっているから、きらきら光ってるの。そこはちょっともりあがっててね、小さいころは、ふたりで砂浜をすべりおりて、海にとびこんだものよ」

「ここに砂浜はないね」ケイレブが窓《まど》の外を見ながら、いいました。

「いや、あるとも」パパはそういって立ち上がると、ランタンをとって家をでて、家畜小屋《かちくごや》のほうに向かいました。

「ほんと？」ケイレブは、パパについていきました。

サラとわたしも、さきを走っていくケイレブを追《お》いかけました。すぐ後ろにニックとロッティがつづきます。

家畜小屋のわきに、パパが積《つ》み上げておいた、干《ほ》し草《くさ》の山があります。小屋《こや》のなかにしく干し草です。高さは家畜小屋の半分くらい。雨にぬれてくさらないように、上には厚《あつ》い布《ぬの》がかけてあります。パパは家畜小屋から木のはしごを持ってきて、干し草の山に立てかけました。

「そうら」パパはサラを見て、にやっと笑《わら》いました。「これが、うちの砂浜だ」

サラはじっと黙《だま》ったまま。ニックとロッティは、なにをいうのかな、という顔でサラを見上げています。アザラシちゃんは、しっぽを立てて、サラの脚《あし》に体をこすりつけています。ケイレブが手をのばして、サラの手をにぎりました。

「とっても高そうだなあ。こわくない？」

「こわい？　こわいですって」サラがあきれたような声でいいました。「こわいわけないじゃない！」

そういうと、サラは、はしごを上《のぼ》っていきました。ニックが吠《ほ》えました。サラは干《ほ》し草《くさ》の山のてっぺんまで上って、腰《こし》を下ろすと、わたしたちを見下ろしました。サラのずっと上のほうでは、星がいくつか顔を見せはじめています。パパがフォークで、山の下のところに、干し草をほぐしました。パパはサラを見上げて、にっこり笑《わら》いかけました。パパの目が、ランタンの光できらっと輝《かがや》きました。

「いいかい？」パパが声をかけます。

「いいわ！」サラは両手《りょうて》を頭の上に上げたかと思うと、山をすべって、やわらかく

ほぐした干《ほ》し草《くさ》の上に落ちてきました。サラはあおむけになったまま、声をあげて笑《わら》っています。ニックとロッティが、サラをもみくちゃにしました。

「うちの砂浜《すなはま》はどう？」ケイレブがたずねました。

「う――ん、なかなかいい砂浜ね」

ケイレブとわたしも干し草の山に上って、すべってみました。サラは、それから三回もすべりました。そのうち、とうとうパパまですべりました。空はずっと暗《くら》くなって、星がホタルみたいにまたたいています。わたしたちはみんな、土と干し草にまみれて、くしゃみをしました。

ケイレブとわたしは、台所《だいどころ》にある大きな木の桶《おけ》で、体を洗《あら》いました。サラはまた、お兄さんに送《おく》る絵を描《か》いています。一枚《まい》はパパの絵。カールのかかった髪《かみ》に、干《ほ》し草《くさ》がいっぱいくっついています。それからケイレブ。サラの真似《まね》をして両手《りょうて》を

頭の上に上げて、干し草の山をすべりおりている絵です。それから、木の風呂桶《ふろおけ》に入っているわたしを描《か》きました。長くまっすぐな髪《かみ》がぬれている、わたしの絵です。

サラは、草原を描いた絵を、長いこと見つめていました。

「なにかたりないのよ」サラがケイレブにいいました。「なにかしらねえ」

サラはそういうと、その絵だけ、わきにおきました。

サラは、そのあと、ランプのあかりの元で、お兄さんに書いた手紙を読んでくれました。

「砂浜《すなはま》をすべって海にとびこむのもすてきだったけど、干し草でできたうちの砂浜をすべりおりるのも、なかなかです」

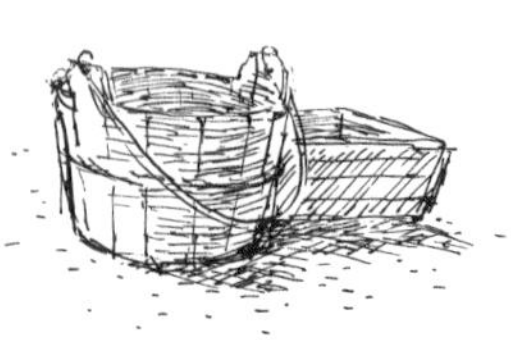

ケイレブがテーブルのむこうから、わたしに、にっこり笑《わら》いかけました。そして声はださずに、口だけ動《うご》かしました。それは、わたしもしっかり聞いたことばでした。

うちの　すなはま。

6　海辺《うみべ》に吹《ふ》く風

日が長くなってきました。牛たちは池の近くにひっこしです。池の水は冷《つめ》たくて、まわりに木かげがあるからです。

パパはサラに、畑《はたけ》の耕《たがや》しかたを教えました。すきにつながれているのは、ジャックとベス。年よりのベスのほうに、手綱《たづな》がつけてあります。

わたしとケイレブは、自分の仕事《しごと》がすむと、羊のいる牧草地《ぼくそうち》にすわっていました。サラも来ていっしょにすわりました。わたしたちは、パパが仕事を終《お》えるのを待ちました。

「冬はどんなふうなの？」サラがたずねました。

ベスはうなずくみたいに首をふりながら歩いていますが、ジャックのほうは、パパにきつい声でしかられています。

「ジャックは、働くのが嫌《きら》いなんだよ」ケイレブがいいました。「ぼくたちといっしょに、ここにいたいんだ。おいしい草のなかにね」

「むりもないわ」サラはそういうと、頭のうしろで両手《りょうて》を組《く》んで、寝《ね》ころがりました。

そしてもう一度、「冬はどんなふうなの？」とたずねました。

「ここじゃあ、冬は寒いんだ」ケイレブがいいました。

サラもわたしも吹《ふ》きだしてしまいました。

「冬はどこだって、寒いわよ」わたしがいいました。

「冬にはさ、学校にいくんだ」ケイレブがいいました。「よみかきけいさんならいまーす」

「わたしは計算と作文がとくいよ」サラがいいました。

「それに本を読むのは、大好《だいす》き。それで、学校へはどうやっていくの？」

「雪がひどいとパパが馬車で送《おく》ってってくれるよ。でも、あんまりふってないと、歩いてくんだ。ここから五キロくらいだよ」

サラが体を起《お》こしました。

「雪はたくさんふるの？」

「たくさんたくさんゆきがふりまーす」ケイレブは、草のなかをころげまわりました。「牛や馬に餌《えさ》をやりに家畜小屋《かちくごや》にいくのに、雪かきしなくちゃいけないときだってあるんだ」

「メイン州《しゅう》ではね、家が家畜小屋とくっついていることもあるのよ」

ケイレブが、にやっと笑《わら》いました。

「日曜の夕食に牛を招待《しょうたい》できるね」

サラとわたしは、また声をあげて笑いました。

「吹雪《ふぶき》がひどいときには、家から家畜小屋《かちくごや》までロープを張《は》っておくんだ。パパがやるんだよ。そうしとかないと、小屋《こや》までいけなくなるんだ」

わたしはふくれっつらをしてみせました。だって、わたしは冬が大好《だいす》き。

「冬の朝には、窓《まど》ガラスに氷《こおり》がはるの」わたしはサラにいいました。「その氷をひっかいて絵を描《か》くと、絵がきらきら光るのよ。それに、吐《は》く息《いき》が白く見えるわ。パパは暖炉《だんろ》に木をくべて家をあたたかくして、わたしたちは、あつあつのパンを焼《や》くの。セーターを何枚《なんまい》も着《き》て、雪が高く積《つ》もると、学校はお休みして、雪だるまを作るのよ」

サラがまた、丈《たけ》の高い草のなかに寝ころんだので、顔がほとんど見えなくなりました。

「風も吹《ふ》くの？」とサラ。

「サラは風が好《す》き？」とケイレブ。

「海辺《うみべ》では風が吹くわ」

「ここも風が吹くよ」ケイレブがうれしそうにいいました。「雪を吹き上げて、かれ草を吹き飛ばして、羊《ひつじ》を追《お》いかけまわすんだ……かぜが、かぜが、かぜがふきまーす」

ケイレブは立ち上がって、風の真似《まね》をして走りだしました。後ろから羊が追いかけていきます。サラとわたしは、ケイレブを見ていました。ケイレブは、岩やくぼみをぴょんぴょんとびこしていきました。羊たちも負《ま》けずに、脚《あし》をのばし、全速《ぜんそく》力《りょく》で跳《は》ねていきます。そして、まきばをぐるりとひとまわり。日光に照《て》らされて、ケイレブの頭のてっぺんが金色に輝《かがや》いています。

ケイレブが、サラの横《よこ》にたおれこみました。子羊《こひつじ》たちがわたしたちに、ぬれた鼻《はな》を押《お》しつけてきます。

「こんにちは、ルー」サラはにこにこしています。「こんにちは、マッティ」

日が高くなりました。パパは立ちどまって、帽子《ぼうし》をとると、そでで顔をぬぐいました。

「暑《あつ》くなってきたわね」サラがいいました。「とてもじゃないけど、冬になって風が吹《ふ》くまで、待ってられないわ。さあ、泳《およ》ぎましょうか」

「泳ぐって、どこで？」とわたし。

「ぼく、泳げないよ」とケイレブ。

「泳げないですって？」サラがあきれたようにいいました。「じゃあ、あの池で教えてあげるわ」

「あそこは牛が水を飲《の》む池よ」わたしは、びっくりしていいました。

サラはわたしたちの手をつかむと、まきばを走りぬけて、柵《さく》の下をくぐって、池までかけていきました。

「シッ、シッ」サラが声をかけると、牛たちがおどろいて顔を上げました。

サラは服《ふく》を脱《ぬ》いで、ペチコートのまま池のなかに入っていきました。そしてケイレブとわたしが見ていると、とつぜん水にもぐって、いっしゅん見えなくなったのです。それから、笑《わら》いながら、立ってこちらを見ました。長い髪《かみ》がゆったりたれて、肩《かた》には水の玉がビーズのように光っています。

サラはわたしたちに、どうやったら水に浮《う》くのか教えてくれました。

わたしは、水をいっぱいに入れたバケツみたいに沈《しず》んでしまい、飲《の》みこんだ水を吐《は》きながら、あわてて顔をだしました。でもケイレブは、あおむけにうかんで、クジラみたいに高く水を吹《ふ》き上げるこつを、覚えました。牛は池のまわりで、口をもぐもぐさせるのも忘《わす》れて、じろじろこっちを見ています。池に住《す》んでいる虫たちが、わたしたちのまわりで、ぐるぐる輪《わ》を描《か》いています。

「海って、こんな感《かん》じ？」ケイレブがいいました。

サラはひざを高く上げて、池のなかを歩いています。

「海の水は、しょっぱいの。海は、見渡《みわた》すかぎり、ずーっとむこうまでつづいている

のよ。日の光を反射《はんしゃ》して、ガラスみたいに輝《かがや》いていて、それに、波《なみ》があるわ」
「こんなふうに？」ケイレブは、サラのほうに水を押《お》しやりました。サラはせきこみながら、笑《わら》っています。
「そう、そんなふうよ」
わたしはやっと、息《いき》を止めたまま水に浮《う》くことができるようになりました。でも口をあけるのがこわくて、黙《だま》って空を見上げていました。カラスが三羽、一列《れつ》に並《なら》んで飛《と》んでいます。むこうの草原では、フタオビチドリが鳴いています。

わたしたちは池から上がって、体をかわかすと、また草のなかに寝《ね》ころびました。牛が、じろじろこちらを見ています。大きなお皿《さら》みたいな顔にくっついている目は、なんだか悲《かな》しそうです。

わたしは眠《ねむ》ってしまいました。そして、すてきな夢《ゆめ》を見ました。ここの草原がぜんぶ海に変わって、日光を反射《はんしゃ》して、ガラスみたいに輝《かがや》いていました。そしてサラは、とってもとってもうれしそうでした。

7 「わたしは海が恋《こい》しいわ」

草原のタンポポの花も、羽毛《うもう》のようにやわらかい玉になり、夏咲《なつざ》きのバラが開《ひら》きはじめました。

となりに住《す》んでいるマシューおじさんとマギーおばさんが、やってきました。パパが、新しいトウモロコシ畑《ばたけ》を作るので、手伝《てつだ》いに来てくれたのです。サラはわたしたちといっしょにポーチに立って、マシューおじさんの馬車が、くねくね曲《ま》がった道をやってくるのを、見ていました。二頭の馬が馬車をひいていて、その後ろに、もう一頭がつながれています。

わたしは、この前ケイレブといっしょにポーチに立っていたときのことを、思い

出していました。ふたりでサラが来るのを待っていた、あのときのことです。

サラは髪《かみ》を二本の太い三つ編《あ》みにして、頭の上に丸くまとめていました。髪のあちこちにヒナギクがさしてあります。パパがサラに摘《つ》んできた花です。

ベスとジャックが、柵《さく》の内側《うちがわ》にそって走りながら、道をやってくる新しい仲間《なかま》に向かって、いなないています。

「あの大きなすきをひかせるには、馬が五頭いるんだよ」ケイレブがサラにいいました。「草原の草は、しっかり根《ね》を張《は》ってるからね」

マシューおじさんとマギーおばさんは、ふたりの子どもをつれてやってきました。おばさんが、持ってきたふくろを庭《にわ》であけると、なかから赤茶色の若《わか》いニワトリが三羽でてきて、こっこっこっと鳴きながらかけだしました。

「あなたにおみやげよ」おばさんはサラにいいました。「めしあがってくださいな」

サラは、ニワトリを見ておおよろこびです。こっこっこっとニワトリに声をかけたり、トウモロコシのつぶをやったり。ニワトリのほうも、ぴょこぴょこサラを追《お》いかけたり、つんとすまして地面《じめん》をひっかいたりしています。サラは、このニワトリを食べたりしないだろうな、とわたしは思いました。

マギーおばさんの子どもは、ふたりともまだ小さくて、名前はローズとヴァイオレット。どちらも花の名前です。ローズはバラで、ヴァイオレットはスミレ。ふたりは大声で笑《わら》いながら、ニワトリを追いまわしました。ニワトリたちは、羽音をたててポーチの屋根《やね》の上に飛《と》びあがりました。

次にふたりは、ニックとロッティを追いまわし

「わたしは海が恋しいわ」

ました。二匹《ひき》はポーチの下に逃《に》げこみました。アザラシちゃんは、もうずっと前に家畜小屋《かちくごや》に避難《ひなん》して、ひんやりしたワラのなかで、すやすや眠《ねむ》っています。

サラとマギーおばさんは、馬をすきにつなぐのを手伝《てつだ》いました。それから家畜小屋のかげに大きなテーブルを運んでいき、キルトの布《ぬの》をかけ、まんなかには花をさしたやかんをおきました。そしてケイレブとマシューおじさんとパパが朝の仕事《しごと》をはじめると、ふたりはポーチの椅子《いす》に腰《こし》を下ろしました。わたしはドアのかげで、パンの生地《きじ》をこねながら、ふたりを見ていました。

「さびしいんでしょう」マギーおばさんが、そっとサラにいいました。

サラの目に涙《なみだ》があふれました。わたしはゆっくり粉《こな》をかきまぜました。

おばさんが、サラの手をとっていいました。

「わたしもね、ときどきテネシー州《しゅう》の山が恋《こい》しくなるの」

山が恋《こい》しいなんていわないで、わたしは心のなかでいいました。

「わたしは海が恋しいわ」サラがぽつりといいました。

山が恋しいなんていわないで、海が恋しいなんていわないで！

わたしは、ぐるぐるぐるぐる粉《こな》をかきまぜました。

「兄のウィリアムにも会いたいわ。でも兄はもう結婚《けっこん》してしまって、あの家は、およめさんのものなの。もうわたしの家じゃない。わたしには年とったおばが三人いて、夜明けにはそろって、カラスみたいにうるさくしゃべりだすの。おばたちにも会いたいし……」

「いつだって、恋しいものはあるものよ」マギーおばさんがいいました。「どこに住《す》んでてもね」

むこうでは、パパとマシューおじさんとケイレブが働《はたら》いています。ローズとヴァイオレットのふたりは、草原をかけまわっています。なにかがわたしの脚《あし》をこすりました。下を見ると、ニックがしっぽをふっていました。

「おまえがいなくなったら、さびしいわよね」わたしは、そっといいました。

「きっと、さびしいわ」

わたしはひざをついて、ニックの耳の後ろをかいてやりました。

「わたしは、ママが恋しい……」

「あら、忘《わす》れるところだった」ポーチで、マギーおばさんがいいました。「もうひとつ、おみやげがあるのよ」

わたしはパン生地の入ったボウルを持って、ポーチにでました。マギーおばさんが、馬車から浅《あさ》い木の箱《はこ》を持ってきました。

「植《う》えてもらおうと思って」おばさんがいいました。「あなたの花壇《かだん》にね」

「わたしは海が恋しいわ」

「わたしの花壇《かだん》ですって？」サラはかがみこんで、箱《はこ》のなかの草花にさわりました。

おばさんがいいました。

「ヒャクニチソウとマリーゴールドとナツシロギクよ。いいこと、どこに住《す》むにしても、花壇だけは作らなくちゃだめ」

サラはほほえみました。

「メイン州《しゅう》のうちの花壇には、ダリアとオダマキソウを植《う》えてたの。それからキンレンカもよ。キンレンカは、夕日のような色の花をつけるの。このあたりでも育《そだ》つかしら」

「やってごらんなさいよ」マギーおばさんがいいました。「とにかく花壇だけは作らなくちゃね」

わたしたちはポーチのわきに、花壇を作ることにしました。土を掘《ほ》りかえして、

花を並《なら》べて、根元《ねもと》のところに土をもって、軽くたたいてから水をやりました。ロッティとニックがやってきて、くんくん匂《にお》いをかいでいます。ニワトリたちは、やわらかい土の上に足あとをつけながら、歩きまわっています。照《て》りつける夏の太陽《たいよう》の元で、五頭の馬がすきをひきながら、畑《はたけ》をいったり来たりしています。

マギーおばさんが顔をぬぐうと、土のあとがひとすじ、顔に残《のこ》りました。

「そのうち、馬車でうちにいらっしゃいよ。もっとたくさんあげるわ。ヨモギギクもあるのよ」

サラはこまった顔をしました。

「わたし、ひとりで馬車に乗《の》ったことがないの」

「わたしが教えてあげるわよ。それにアンナかケイレブに教わってもいいし、ジュイコブにきいてもいいじゃない」

サラはわたしのほうをふりむきました。

「馬車に乗れるの？」

わたしはうなずきました。

「ケイレブも？」

「ええ」

「メイン州《しゅう》では、町まで歩いていってたわ」

「ここじゃあ、ちがうの」マギーおばさんがいいました。「ここじゃあ、馬車でいくのよ」

遠くの空には、雲がわき上がっています。マシューおじさんとパパとケイレブが、畑からもどってきました。仕事《しごと》が終《お》わったのです。みんないっしょに、家畜小屋《かちくごや》のかげで食事《しょくじ》をしました。

「わたしは海が恋しいわ」

「あんたがここに来てくれて、うれしいよ」マシューおじさんがサラにいいました。

「友だちが、ひとり増えた。マギーのやつは、ときどき昔の友だちを恋《こい》しがるんだ」

サラはうなずいていいました。

「いつだって恋しいものはあるものでしょう。どこに住《す》んでいても、ね」サラは、マギーおばさんを見て、にっこりほほえみました。

ローズとヴァイオレットは、これ以上《いじょう》は食べられないほど肉と野菜《やさい》とパンを食べて、草のなかで眠《ねむ》りこんでしまいました。帰る時間になると、パパとマシューおじさんが、ふたりをだきあげて馬車まで運《はこ》んで、毛布《もうふ》の上に寝《ね》かせました。

サラはいつまでも手をふりながら、馬車が見えなくなるまで、ゆっくりとあとを追《お》いかけていきました。ケイレブとわたしは、サラをむかえに走っていきました。あとからニワトリが、ばたばたと追《お》いかけてきました。

わたしたちを追いかけて家のなかまで入ってきたニワトリを見て、
サラが笑《わら》いながらいいました。
「なんて名前をつけようかしら」
わたしはにっこりしました。思ったとおり。
やっぱりこのニワトリたちは、お皿《さら》にはのらないみたい。
それから、雨がふりはじめるほんの少し前に、
パパがもどってきました。サラに、今年はじめて
咲《さ》いたバラの花を持って。

8 嵐《あらし》

雨がふって、通りすぎていきました。でも北西のほうには、ぶきみな雲が低《ひく》くたれこめています。緑《みどり》がかった黒い雲です。しだいに風が弱くなってきました。

その日の朝、サラはオーバーオールを着《き》て、パパと話をしに家畜小屋《かちくごや》にいきました。サラはついでに、ベスとジャックにリンゴを持っていきました。

「女の人は、オーバーオールを着たりしないよ」ケイレブが、まるでマギーおばさんがくれたニワトリみたいに、サラの後ろについて走りながらいいました。

「この女の人は着るのよ」サラはきっぱりいいました。

パパは柵《さく》のそばに立っています。

「馬の乗《の》りかたを習《なら》いたいの」サラがパパにいいました。「それから、馬車の乗りかたも。ひとりで乗れるようになりたいの」

ジャックが首をのばして、サラのオーバーオールをかんだので、サラはリンゴをやりました。ケイレブとわたしは、サラの後ろに立っていました。

「馬には乗れると思うの」サラがいいました。「十二歳《さい》のとき、一度《いちど》乗ったことがあるから。わたし、ジャックに乗ってみたいわ」

サラは、ジャックがお気に入りなのです。

パパは首をふりました。

「ジャックはだめだ。こいつは、ひとすじなわじゃいかないからな」

「わたしだって、ひとすじなわじゃいかないわよ」サラはそういって、くいさがりました。

パパはにやっと笑《わら》って、「あたりきさ」とうなずきました。「だが、ジャックはだめだ」

「ジャックに乗《の》りたいのよ！」サラが声を張《は》り上げました。

「馬車の乗りかたは、教えよう。すきを馬にひかすのは、もう教えたんだしな」

「そうすれば、町にいけるでしょ。ひとりでも」サラがいいました。

「だめだっていってよ、パパ」わたしのそばにいたケイレブが、小さな声でいいました。

「馬車にひとりで乗りたいというのは、もっともだ。よし、教えよう」パパがいいました。

雷《かみなり》が、低《ひく》いうなり声をたてました。パパは雲を見上げました。

「今日からはじめられる？」サラがたずねました。

「いや、明日のほうがいい」パパは心配《しんぱい》そうな顔で答えました。「今日は家の屋根《やね》を修理《しゅうり》しなくちゃならん。がたのきているところがあるんだ。どうやら、ひとあれきそうな雲行きだ」

「いっしょにね」サラがいいました。

「ん？」パパがふりむきました。

「修理はいっしょにやりましょう。前にもやったことがあるの。屋根のことはくわしいのよ。それに、わたしは腕《うで》ききの大工さんなんだから。前にもそういったでしょ」

また雷《かみなり》が鳴りました。パパは、はしごをとりにいきました。

「仕事《しごと》は早いほうかい」パパがサラにたずねます。

「早くて、たしかよ」とサラ。

サラはパパの後ろについて、はしごで屋根《やね》に上《のぼ》っていきました。髪《かみ》がほつれて顔にかかっています。口に釘《くぎ》をいっぱいふくんで、それにパパのとそっくりのオーバーオールを着《き》て……。オーバーオールはパパのだったのです。

ケイレブとわたしは家に入って、窓《まど》をしめました。頭の上から、調子《ちょうし》よく釘を打つかなづちの音がひびいてきます。

「どうしてひとりで町にいきたいんだろう」ケイレブがいいました。「ぼくたちをおいていっちゃうつもりなのかなあ」

わたしは首をふりました。ケイレブの質問《しつもん》には、もううんざり。目のはしから、涙《なみだ》がこぼれそうになりました。

でも、泣《な》いているひまはありませんでした。ふいにパパがわたしたちを呼《よ》んだのです。

「ケイレブ！　アンナ！」

わたしたちは外に走りでました。ものすごく大きい、まっ黒な雲が、北の草原からこちらにせまってくるのが見えます。パパは後ろについてくるサラに手をかしながら、屋根からすべりおりました。

「この嵐《あらし》は大きいぞ！」パパがそう叫《さけ》んで両手《りょうて》を上げると、サラがポーチの屋根からその腕《うで》のなかにとびおりました。

「馬をなかに入れろ」パパがケイレブにいいました。「アンナは羊《ひつじ》を入れろ。牛もだ。家畜小屋《かちくごや》がいちばん安全《あんぜん》だ」

風がびゅーびゅーうなって、草が身《み》をかがめています。ふいに強い風《かぜ》が吹《ふ》いて、つんとした匂《にお》いが鼻《はな》をつきました。あたりが、みょうな色にそまって、みんなの顔が黄色っぽく見えます。ケイレブとわたしは、柵《さく》をとびこえました。動物《どうぶつ》たちが小《こ》屋《や》のそばに集《あつ》まっています。わたしは、みんないるかどうか羊《ひつじ》の数をかぞえてから、なかの大きな仕切《しき》りのなかにつれていきました。

雨つぶがぽつぽつと落《お》ちてきました。最初《さいしょ》は軽《かる》い雨だったのが、だんだんと激《はげ》しく、そうぞうしくなってきました。ケイレブとわたしは耳をふさいで、黙《だま》って顔を見あわせました。ケイレブがこわがっていたので、わたしはにっこり笑《わら》いかけてやりました。サラが袋《ふくろ》を持って、家畜小屋《かちくごや》にやってきました。髪《かみ》がぬれて、首にべったりくっついています。そのあとから、ロッティとニックをつれて、パパが入ってきました。ロッティもニックも、耳をぴったり頭にくっつけています。

「待って！」サラがいいました。「わたしのニワトリ！」

「だめだ、サラ！」パパが後ろから声をかけましたが、サラは家畜小屋《かちくごや》から、ざんざんぶりの雨のなかにでていったあとでした。パパがすぐに、追《お》いかけました。

羊《ひつじ》たちは鼻《はな》で仕切《しき》りの戸を押《お》しあけて、家畜小屋のなかを、めえめえ鳴きながらかけまわっています。ニックがわたしの腕《うで》の下にもぐりこんできました。顔の黒い子羊《こひつじ》のマッティは、わたしのすぐそばで、ぶるぶる震《ふる》えています。わたしのひざに、やわらかい足がのって、それから灰色《はいいろ》の体がのっかってきました。アザラシちゃんです。

雷《かみなり》がひびき、風が激《はげ》しくなりました。すぐ

近くで、稲妻《いなずま》がひらめきました。サラとパパが、家畜小屋の入口のところに立っています。ふたりともずぶぬれ。パパはサラのニワトリをかかえて、サラは腕いっぱいに夏咲《なつざ》きのバラをかかえて。

サラのニワトリは、ちっともこわがっていません。干《ほ》し草《くさ》のなかで、赤茶色の布《ぬの》の包《つつ》みみたいに、おとなしくしています。パパがようやく戸をしめました。外の嵐《あらし》の音が、少しやわらぎました。家畜小屋のなかは、ランプをともしていない夕暮《ゆうぐ》れどきみたいに、うすぼんやりしていて、ぶきみです。パパは毛布《もうふ》を広げて、ケイレブとわたしの肩《かた》にかけてくれました。サラは袋《ふくろ》から、チーズとパンとジャムをとりだしました。袋の底《そこ》には、サラの貝がらがありました。

ケイレブが立ち上がって、家畜小屋の小さな窓《まど》のところにいきました。

「嵐のときの海は、どんな色なの？」ケイレブがサラにたずねました。

「青よ」サラは、ぬれた髪《かみ》を指《ゆび》でかきあげながら答えました。「それから緑《みどり》と灰色」

ケイレブは、にっこりうなずきました。

「ほら、見てよ、サラ。この前絵を描《か》いたとき、たりないっていってたものが、あるよ」

サラは歩いていって、窓《まど》のそばにいるケイレブとパパのあいだに立ちました。そしてなにもいわずに、長いこと外を見つめていました。それから、パパの肩《かた》に手をおいていいました。

「メイン州《しゅう》にも、嵐《あらし》が来るの。ちょうど、こんなふうだわ。わたし、きっともうだいじょうぶ」

サラはそういったあとで「あなた……」とパパに呼《よ》びかけました。

パパはなにもいわずに、サラの腰《こし》に腕《うで》をまわして、だきよせました。パパのあご

の下にサラの髪《かみ》があります。わたしは目をとじました。ふいに、ママとパパがこんなふうに立っていたのを思い出したのです。ママはサラより背《せ》が低《ひく》くて、金色の髪をパパの肩に押《お》しつけていました。

そっと目をあけてみると、ママのかわりにサラが立っていました。ケイレブはわたしを見て、にこにこ笑《わら》っていました。これ以上《いじょう》うれしい顔はないというくらい、にこにこしていました。

その晩《ばん》はみんなでいっしょに、干《ほ》し草《くさ》にもぐって寝《ね》ました。嵐がひどくなると起きて、静《しず》まるとまた眠《ねむ》りました。

夜あけに、とつぜん、ひょうのふる音がしました。だれかが小石を家畜小屋《かちくごや》にぶつけているみたいです。わたしたちは窓《まど》の外を見ました。氷《こおり》のビー玉が、地面《じめん》ではねています。

ひょうがやむと、家畜小屋の戸をあけて、外にでてみました。朝の光がふりそそいでいます。くつでふむと、ひょうはくだけて、とけていきました。あたりは白くて、見渡《みわた》すかぎりむこうまで、きらきら輝《かがや》いています。日の光を反射《はんしゃ》しているガラスみたいで、まるで海のようでした。

9　それから

　あたりはとても静《しず》かです。ニックとロッティは体をかがめて、ひょうを食べています。アザラシちゃんは、ニックとロッティのそばをまわって、柵《さく》の上にとび上がると、毛づくろいをはじめました。牛が水を飲《の》む池のそばでは、木が一本たおれています。野バラの花は、まるで結婚式《けっこんしき》のあとみたいに、地面《じめん》にちらばっています。

「ひとかかえ、摘《つ》んでおいてよかった」サラが、ぽつりといいました。

　ひどくやられた畑《はたけ》は、ひとつだけでした。サラとパパは、二頭の馬をすきにつないで、畑をすきかえし、苗《なえ》を植《う》えなおしました。二日がかりの仕事《しごと》でした。屋根《やね》はだいじょうぶでした。

「ね、いったでしょ。屋根のことはわたしにまかせてって」サラがパパにいいました。パパはにやっと笑《わら》いました。

パパは、サラとの約束《やくそく》を守りました。嵐《あらし》のあとかたづけが終《お》わると、サラをつれて、まきばにいったのです。パパは、ひとすじなわではいかないジャックに乗《の》って、サラはベスに乗りました。サラはすぐに、こつをのみこみました。

「どうして、あんなにすぐ乗れるようになるんだろう」ケイレブがぼやきました。

わたしたちは柵《さく》のところから、パパとサラを見ていました。ケイレブはちょっと考えてからいいました。

「馬から落《お》ちて、ここにいなくちゃいけなくなればいいのに。ねえ」ケイレブは、わたしのほうをふりむきながらたずねました。「ねえ、どうしてサラは、ひとりで町にいかなくちゃいけないの？」

「うるさいわよ、ケイレブ」わたしは、むっつりしていいました。「黙《だま》んなさいよ、もう」

「ぼくが病気《びょうき》になったら、いてくれるかなあ」

「だめね」

「サラをしばりつけちゃおうか」

「だめよ」

ケイレブは泣《な》きだしました。わたしはケイレブをつれて、家畜小屋《かちくごや》のなかに入ると、いっしょに泣きました。

パパとサラがもどってきて、ジャックとベスを馬車につなぎました。サラは馬車の練習《れんしゅう》もするつもりなのです。パパは、ケイレブが泣いていたのに気がつきませんでした。ケイレブに斧《おの》を持たせると、池のそばのたおれた木を切って薪《まき》を作るようにいいました。

わたしは立ったまま、じっとサラを見ていました。サラは馬車に乗《の》って、両手《りょうて》に手綱《たづな》を持っています。パパがそのとなりにすわっています。ケイレブは池のそばに立って、片手《かたて》を目の上にかざしています。ケイレブもやっぱり、サラを見ていたのです。わたしは、だれにも見られないように、家畜小屋《かちくごや》の暗《くら》がりのなかにいきました。サラのニワトリたちが、わたしの後ろをばたばたとついてきました。

「どうして?」わたしは大きな声で、ケイレブのことばをくりかえしました。

ニワトリがわたしを見つめています。小さな目が、明るく輝《かがや》いています。

次の日、サラは朝早く起きて、青いドレスを着《き》ると、リンゴを持って家畜小屋にいきました。そして、ベスとジャックに食べさせる干《ほ》し草《くさ》の束《たば》をひとつ、馬車に積《つ》みました。それから、黄色の帽子《ぼうし》をかぶったのです。

「ジャックには気をゆるすんじゃないぞ」パパがいいました。「てごわいから、そのつもりでな」

「わかったわ」サラがパパにいいました。

「暗《くら》くなる前に、もどったほうがいい」パパがいいました。「満月《まんげつ》の晩《ばん》でもなきゃ、夜道を走るのはたいへんだからな」

「わかったわ、あなた」

サラはケイレブとわたしにキスをしました。それからパパにも……。パパはおどろいた顔をしていました。

「アザラシちゃんをよろしくね」サラはケイレブとわたしにいいました。それからベスに小声でなにかいって、ジャックにきびしい調子で声をかけると、馬車に乗《の》って、いってしまいました。

「うまいもんだ」パパは馬車を見送《みおく》りながら、つぶやきました。それから、畑《はたけ》のほうにいきました。

ケイレブとわたしは、サラがいってしまうのを、ポーチから見ていました。ケイレブがわたしの手をにぎりました。ニックとロッティは、そばで寝《ね》ています。熱い日ざし。わたしは、ママが馬車でつれていかれた日のことを思い出していました。ちょうど今日みたいな、日ざしの強い日でした。そして、それっきりママはもどってきませんでした。

アザラシちゃんがポーチにとびのりました。足が、とん、と小さな音をたてます。ケイレブはかがんでアザラシちゃんをだき上げると、家のなかに入りました。わたしはほうきを持ってきて、ゆっくりポーチをはくと、サラの花壇《かだん》に水をやりました。ケイレブは、薪《まき》オーブンを掃除《そうじ》して、なかの灰《はい》を家畜小屋《かちくごや》に持っていきました。で

もぱらぱらこぼしていったので、わたしはまた、ポーチをはかなくてはなりませんでした。

「ぼくがいけないんだ。うるさくてしょうがないから」ケイレブが、いきなり叫《さけ》びました。「おねえちゃんも、そういってたじゃないか。だからサラは、ここをでていくつもりで、汽車の切符《きっぷ》を買いにいっちゃったんだ」

「そんなことないわ、ケイレブ。それなら、ちゃんとそういっていくはずよ」

「じゃあ、このうちが小さすぎたんだ。だからなんだ」

「小さすぎやしないわよ」

わたしは、窓《まど》のそばの壁《かべ》を見ました。サラの絵がピンでとめてあります。草原を描《か》いた絵です。

「たりないものってなに？」わたしはケイレブにたずねました。「なにがたりないか、わかったっていってたでしょ」

「色だよ」ケイレブが、元気のない声でいいました。「海の色だよ」

空に雲がいくつも現《あらわ》れては、流《なが》れていきました。わたしはパパに、お昼を持っていきました。チーズとパンとレモネードです。ケイレブがわたしをひじでつついて、いいました。

「きいてよ。ねえ、パパにきいて」

わたしはパパにたずねました。

「サラは、なにをしにいったの？」

「さあな」パパはそういうと、目を細めて、わたしを見ました。それからため息をつくと、片手《かたて》をケイレブの頭においで、もう片方《かたほう》の手をわたしの頭におきました。

「サラはサラなんだ。サラは自分のしたいようにするんだ。わかるかい？」

「そうだね」ケイレブが、消えてしまいそうな声でいいました。

パパはシャベルをとって、帽子《ぼうし》をかぶりました。

「サラがもどってくるのかどうか、きいてよ」ケイレブが小声でいいました。

「もどってくるにきまってるじゃない」わたしは答えました。「だって、アザラシちゃんがここにいるもの」

でもほんとうは、パパにききたくなかったのです。答えを聞くのが、とてもこわかったのです。

わたしたちは羊《ひつじ》に餌《えさ》をやりました。

それからわたしは、夕食のテーブルの用意《ようい》をしました。お皿《さら》を四枚《まい》。太陽《たいよう》は西の草原の上にかたむいていました。ニックとロッティはドアのところでしっぽをふって、夕食をねだっています。

パパが帰ってきて、オーブンに火を入れました。

やがて日が沈《しず》みました。すぐに暗《くら》くなるでしょう。ケイレブはポーチの階段《かいだん》にすわって、サラからもらった巻《ま》き貝《がい》を何度《なんど》も何度も手の上でころがしています。アザラシちゃんが、いったり来たりして、ケイレブに体をこすりつけています。

とつぜん、ロッティがけたたましく吠《ほ》えました。ニックはポーチからとびおりて、道のほうに走りだしました。

「土けむり!」ケイレブは叫《さけ》ぶと、ポーチの柱《はしら》を上《のぼ》って、屋根《やね》に上がりました。

「土けむりだ、黄色の帽子《ぼうし》だ!」

馬車はゆっくり、風車小屋《ふうしゃごや》と家畜小屋《かちくごや》と、風よけの木立ちをまわると、庭《にわ》に入ってきました。ニックとロッティが、うれしそうに馬車のわきで跳《は》ねています。

「ニックもロッティも、静《しず》かになさい」サラがいいました。ニックは馬車にとびの

ると、サラの横《よこ》にちょこんとすわりました。

サラはパパに手綱《たづな》を渡《わた》して、馬車からおりてきました。

ケイレブが、わっと泣《な》きだしました。

「アザラシちゃんが、とっても心配《しんぱい》してたよ」ケイレブは泣きながらいいました。

サラはケイレブをだきしめました。ケイレブはサラのドレスに顔を押《お》しつけて、わんわん泣きました。

「ぼくたち、うちが小さすぎるって思ったんだ。それに、ぼくがうるさくてしょうがないって！」

サラは、ケイレブの頭ごしに、パパとわたしを見ました。

「いってしまうんじゃないかって、思ってたの」わたしがいいました。「海が恋《こい》しくなって」

サラはにっこり笑《わら》って、いいました。

「そんなことないわ。いつだって前の家は恋しいけど、あなたたちに会えないほうが、もっとさびしいもの」

パパはサラを見て、ほほえみました。それから、すっと身《み》をかがめて、ベスとジャックを馬車からはずしてやり、水を飲《の》ませに家畜《かちく》小屋《ごや》につれていきました。

サラはわたしに、紙包《かみづつ》みを渡《わた》しました。

「アンナと、ケイレブと、それからわたしたちみんなに、買ってきたの」

それは小さくて、茶色の包《つつ》み紙の上から、輪《わ》ゴムがかけてありました。わたしは、そっと包みをあけてみました。

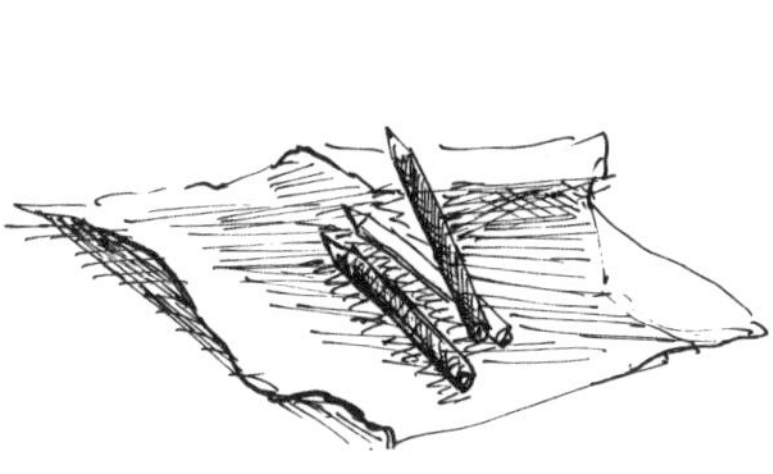

ケイレブがのぞきこんできました。なかには色鉛筆《いろえんぴつ》が、三本入っていました。

「青だ」ケイレブがゆっくりいいました。

「それから、緑《みどり》と灰色《はいいろ》」

サラがうなずきます。

ケイレブが、ぱっと顔を輝《かがや》かせました。

「パパ」ケイレブが呼《よ》びました。

「パパ、早く来て！　サラが海を持ってきてくれたよ！」

それから

わたしたちは四人いっしょに、ろうそくの光の下で夕食をとりました。サラが町で買ってきてくれたろうそくです。サラはほかにも買《か》い物《もの》をしてきました。花壇《かだん》に植《う》えるキンレンカの種《たね》と、歌の本が一冊《さつ》。みんなに歌を教えてくれるのです。もう夜もおそくて、ケイレブは自分のお皿《さら》を前にして、眠《ねむ》りかけています。サラはパパに、にっこり笑《わら》いかけました。

もうすぐ結婚式《けっこんしき》です。パパは、牧師《ぼくし》さんにサラを妻《つま》にするかとたずねられたら、「あたりきだ!」と答えてやるんだ、といっています。

やがて秋が来て、冬が来ます。きっと、メイン州《しゅう》の海の沖《おき》を吹《ふ》きなぐる風と同じくらい冷たい風が吹くことでしょう。巻《ま》き毛のかかった髪《かみ》でできた鳥の巣《す》が見られるかもしれません。長い冬のあいだは、ドライフラワーが楽しめます。ひどい吹雪《ふぶき》の日にはパパが、家のドアから家畜小屋《かちくごや》まで、ロープを張《は》ってくれるでしょう。わたしたちが、羊《ひつじ》や牛やジャックやベスに餌《えさ》をやりにいくときに、ちゃんと小屋《こや》までたどりつけるように。それからサラのニワトリを外で飼《か》うことになったら、ニワトリにも餌をやらなくちゃ。

サラの海、青と緑《みどり》と灰色《はいいろ》の海の絵が、壁《かべ》をかざることでしょう。それから歌。古い歌も新しい歌も。黄色の目をしたアザラシちゃんもここにいることでしょう。

そしてもちろん、のっぽでぶさいくなサラも……。

『のっぽのサラ』のその後

わたしは子どものころ、朝から晩《ばん》まで、本ばかり読んでいました。そしていつも、登場人物《とうじょうじんぶつ》たちの「その後」を想像《そうぞう》していました。たとえば、「ピーター・ラビット」のお話では、ピーターがマグレガーさんの畑《はたけ》を逃《に》げ出《だ》したあとどうなったのか、父といっしょにいくつもお話を作ったものです。もっと大きくなってからは、『若草物語《わかくさものがたり》』や「少女探偵《たんてい》ナンシー」シリーズなど、お気に入りの本にでてくる人物たちのその後について、いくつもお話を作りました。あれこれ頭をひねって、いろんな人物が、どんな場所《ばしょ》に住《す》んで、どんな子どもが生まれて、どんなペットを飼《か》うようになったとか、どんな音楽をきいて、どんな花がすきで、どんなスポーツをするかとか、お話を作りあげたのです。

わたしはずっと、「本は生きている」と信《しん》じてきました。ですから、『のっぽのサラ』に出てくる人たちが、本の中だけでなく、わたしの心の中で生きつづけているのは、当然《とうぜん》のことです。わたしは今、『のっぽのサラ』の続編《ぞくへん》『草原のサラ』(こだまともこ訳《やく》 徳間書店《とくましょてん》)のテレビドラマのシナリオをちょうど書きおえて、本のほうに取《と》りかかっているところです。

これまで、わたしは続編のことをきかれるたびに、「たぶん書かないわ」と答えてきました。けれども、いつも、サラやジェイコブやアンナやケイレブたちがそのあとどうなったのかと、考えずにはいられませんでした。そして、わたしはサラたちの生活について、あれこれ想像するようになったのです。サラは大草原でのくらしが気に入るだろうか、やっぱり海を恋《こい》しがるだろうか、そしてなにより、家族《かぞく》みんなが幸《しあわ》せにくらせるようになるだろうか。そんなことは忘《わす》れて、ほかの作品《さくひん》を書こうとしても、忘れることができませんでした。それは、みなさんからサラたちについて、質問《しつもん》の手紙が送《おく》られてくるからです。自分でつづきを書いて送《おく》ってくれた子も、たくさんいたのです！

わたしは、ジェイコブやサラが住《す》んでいるのとそっくりの大草原で生まれ育《そだ》ったおかげで、その土地が毎日のくらしにどれほど大きな意味《いみ》を持《も》つのか、知っていました。とつぜんの嵐《あらし》が作物《さくもつ》をいっぺんにだめにしてしまうことも、知っています。きびしい冬がそこにくらす人々にとって、どれほどたいへんなものかも、長い間雨がふらないことが、多くの家族《かぞく》のくらしにどれほど打撃《だげき》をあたえるかということも、わかっていました。ある意味《いみ》、「土地」は、そこでくらす人たちの生き方を決《き》めてしまうものなのです。

そこで、わたしは続編《ぞくへん》では、かんばつについて書くことにしました。かんばつになると、すさまじい暑《あつ》さで、作物《さくもつ》が枯《か》れてしまうこと。それでも農場《のうじょう》の仕事《しごと》をつづけ、家畜《かちく》に水をのませていくのが、どれほどたいへんかということ。そして、大草原にくらす家族は、かんばつをのりこえて生きていかなくてはならないのです。ジェイコブの農場はどうなるのでしょう？　水がないところで、一家はどうすればいいのでしょう？　家畜たちは？　川やほかの町から、水をはこんでくることはできるのでしょうか。なにより、そんなたいへんなことになったとき、家族はまとまっていられるのでしょうか。

作家はたいてい、こういった質問を自分になげかけて、物語《ものがたり》を作りはじめます。けれども、『草原のサラ』の場合、わたしはすでに登場人物《とうじょうじんぶつ》たちをよく知っていました。ジェイコブはやさしいけれど、ときどきがんこ。サラは人にたよらない、強い女性《じょせい》です。ケイレブはいつも家族をもとめていて、アンナはよく気がつき、まわりのことをいつも観察《かんさつ》しています。そんな一家が、かんばつによって変《か》わってしまうのでしょうか。たしかに、土地は変わってしまうでしょう。ですが、作家としてわたしが問《と》いかけたかったのは、そこに住む人々も変わってしまうのか、ということでした。わたしの大好《だいす》きなサラたちは、いったいどうなってしまうのでしょう。『草原のサラ』を書きながら、わたしは、まるで自分自身《じしん》の家族《かぞく》をかんばつの大草原のなかにおいて、じっとみているような気がしました。

わたしの本はすべて、こんなふうにしてできあがります。登場人物《とうじょうじんぶつ》についていろいろ考え、よく知って、はじめて書くことができるようになるのです。また、自分の本をあらためて読んでみると、すべての本がたがいにつながっていることがわかります。ある本が別の本を作るアイデアのもとになることもあります。たとえば、『のっぽのサラ』は『やっとアーサーとよんでくれたね』(若林千鶴訳《わかばやしちづるやく》、さ・え・ら書房《しょぼう》)という本が、きっかけになってできました。わたしは『やっとアーサー……』のなかに、はじめて花よめ募集《ぼしゅう》の広告《こうこく》のことを書いたのです。ほかにも、『のっぽのサラ』は家族の物語《ものがたり》という点で、『おじいちゃんのカメラ』(掛川恭子訳《かけがわやすこやく》、偕成社《かいせいしゃ》)と重《かさ》なるところがたくさんあります。どちらの本も、お母さんのいない子どもたちのくらしや気もち、ほかの家族がお母さんの代《か》わりになっていくところを書いています。わたしの書く本はどれも、家族の物語だと思っています。

というのも、わたしにとって家族は、もっとも大切なものだからです。「家族」というのは、お父さん、お母さん、おじいちゃん、おばあちゃん、いとこ、おじさん、おばさん、子どものことだけではありません。仲《なか》のいい友だちが家族ということもありえます。そう考えれば、世界中《せかいじゅう》の人と家族になることだってできるのです。わたしには信頼《しんらい》できる友だちがたくさんいます。その人たちとは、きょうだいのようにけんかをすることもあります。いっしょにいて幸《しあわ》せな気分になることもあれば、悲《かな》しくなることもあります。ただ、いつもかわらないのは、おたがいに相手《あいて》を思いやっているということです。わたしの書く本の登場人物が、友だちに似《に》ていることもあります。想像《そうぞう》の世界《せかい》では、少し変《か》えてありますが、これはあの人だな、とちゃんとわかるのです。

とはいえ、わたしが書くのは、ほとんどが自分の子ども時代《じだい》のことです。幼《おさな》い頃《ころ》、自分がどんなことを考え、どんなことが好《す》きで、どんなことがこわかったのか。そうした子どもの気もちは、世代《せだい》が代《か》わっても、それほど変《か》わりません。おそらく、中年になった今のわたしのなかに、まだ子どもの自分が生きているということなのでしょう。

今、このあとがきを読んでいるみなさんも、自分自身の「歴史《れきし》」を生きていて、将来《しょうらい》、それについて書くことになるかもしれません。そこで、みなさんからもっとも多くよせられるこんな質問《しつもん》にお答えしましょう。「作家になっていちばんいいことは、なんですか?」わたしが作家になっていちばんうれしいと思うのは、物事《ものごと》を自分の好《す》きなように動かすことができることです。つまり、子どものころにおきたいろんなことも、今、大人として大切に思っていることもはっきり理解《りかい》することができますし、作家として書くことによって、いろんな問題《もんだい》をうまく解決《かいけつ》できます。実生活《じっせいかつ》では、いつもそんなことができるわけではありません。

いずれにしても、サラやジェイコブやアンナやケイレブの人生について書くことで、わたしの人生もずっと変《か》わりつづけています。ふと立ち止まって、こんなふうに考えることがあります。

「サラならどうするかしら？　ジェイコブならなんていうかしら？」

そんなとき、わたしはこう思います。サラたちはもう、家族《かぞく》と同じくらい、親しい人たちになっているんだなと。そして、わたしとサラたちとの間には、あらゆる作家が望《のぞ》むもの、つまり家族のようなきずながあるんだな、と。みなさんも、サラたちときずなを感《かん》じてくださいますように。

一九九二年十一月　　　　パトリシア・マクラクラン

訳者《やくしゃ》あとがき

『のっぽのサラ』の原書を読んだのは、もうずいぶんまえ、ある喫茶店《きっさてん》でのことです。ぺらぺらとめくりはじめて読み終《お》えるまで、もう一気でした。あれほど集中《しゅうちゅう》して本を読んだのは、ほんとうにひさしぶりでした。

単純《たんじゅん》といえば単純な物語《ものがたり》です。

アンナとケイレブとおとうさんが住《す》んでいる大草原のまんなかの小さな家に、サラという女の人がやってきます。サラは、おとうさんが新聞にだした広告《こうこく》をみて、もしいっしょに暮《く》らせそうなら、結婚《けっこん》しようとやってきたのです。四人での楽しい暮らしがはじまります。アンナとケイレブはうれしくてしょうがありません。でも、心のなかでは、心配《しんぱい》で心配でたまりませんでした。サラは、ずっとここにいてくれるのだろうか……。

この物語《ものがたり》が一九八五年にアメリカで出版《しゅっぱん》されると、たちまち大評判《だいひょうばん》になり、ついに第《だい》六十六回目のニューベリー賞《しょう》を受賞《じゅしょう》することになりました。

いつもは、かなり長い作品《さくひん》にばかり与《あた》えられていたニューベリー賞を、こんなに短《みじか》い作品がもらったというので、驚《おどろ》いた人もいたようです。でも、この本を読んだ人なら、その理由《りゆう》がすぐにわかるでしょう。話が単純《たんじゅん》で、作品が短いということは、本の良《よ》さとはまったく無関係《むかんけい》だということを、この本は教えてくれています。

主人公《しゅじんこう》のアンナをはじめ、どの人物《じんぶつ》も魅力的《みりょくてき》で、生き生きと描《えが》かれています。とくにサラ。サラはやさしくて思いやりがあるだけではありません。毎日働《はたら》き、台風がくると、釘《くぎ》を口にふくんで、屋根《やね》に登《のぼ》ります。ここには夫《おっと》や子どもといっしょに、たくましく生きたアメリカの女性《じょせい》が描かれているのです。（アメリカでいち早く女性参政権《さんせいけん》の重要性《じゅうようせい》を認《みと》めたのは、大都市《だいとし》ではなく、田舎《いなか》の地方でした。そういった地域《ちいき》では、女性が積極的《せっきょくてき》に毎日の生活と労働《ろうどう》に参加《さんか》していて、ひとりの人間として社会に受《う》け入れられていたのです。）

それから、まわりの景色《けしき》や毎日の生活も魅力的です。どこまでも広がる大草原、池の水を飲《の》んでいる牛、ケイレブといっしょにとびはねる羊《ひつじ》、サラのあとをばたばた追《お》いかけるニワトリ、すさまじいあらし。どれもが、目にみえるようです。そして、サラがいつもなつかしんでいる故郷《こきょう》の海、アンナやケイレブがみたことのない海、サラの言葉《ことば》のはしばしから、その「青と緑《みどり》と灰色《はいいろ》の海」がくっきりと浮《う》かんでくるではありませんか。

『のっぽのサラ』はとてもたくさんの人に読まれ、続編《ぞくへん》が出ました。作者《さくしゃ》のあとがきにもありますが、『草原のサラ』です。こちらも、ぜひ読んでみてください。

（アンナの家にやってくる、のっぽでぶさいくな“Sarah”は、英語《えいご》ではセアラ、またはセイラと発音《はつおん》するのですが、庶民的《しょみんてき》で日本人に親しみのあるサラという名前にしました。また、「ヨメボウシ」という植物《しょくぶつ》がでてきますが、これは英語《えいご》の"bride's bonnet"を、前後の関係《かんけい》でそのまま訳《やく》しておきました。小さな白い花をつけるそうです。)

なお、この本『のっぽのサラ』(原題《げんだい》Sarah, Plain and Tall)は、一九八七年に日本で一度出版《しゅっぱん》されました。今回、改《あらた》めて徳間書店《とくましょてん》から刊行《かんこう》するにあたって、訳文《やくぶん》を見直し、細部《さいぶ》に手を入れました。

最後《さいご》になりましたが、当時の編集者《へんしゅうしゃ》の角田大志さんと、今回の編集者《へんしゅうしゃ》の筒井《つつい》彩子《さいこ》さん、つきあわせをしてくださった田中亜希子《たなかあきこ》さん、表紙《ひょうし》と挿絵《さしえ》を描《か》いてくださった中村悦子《なかむらえつこ》さんと、図解《ずかい》つきでていねいに質問に答えてくださった作者のパトリシア・マクラクランさんに、心からの感謝《かんしゃ》を。

二〇〇三年七月

金原瑞人《かねはらみずひと》

【訳者】
金原瑞人(かねはらみずひと)
法政大学教授、翻訳家。
訳書に「かかし」(徳間書店)「ブラッカムの爆撃機」「どこまでも亀」(岩波書店)「新しい教科書13　古典芸能」(プチグラパブリッシング)「青空のむこう」(求龍堂)「エルフギフト上・下」(ポプラ社)「豚の死なない日」(白水社)「レイチェルと滅びの呪文」(理論社)「ヘヴンアイズ」(河出書房新社)など多数。

【画家】
中村悦子(なかむらえつこ)
1959年群馬県生まれ。児童書の挿絵、絵本の分野で活躍中。
主な挿絵作品に「草原のサラ」(徳間書店)「あらし」(ほるぷ出版)「アリスの見習い物語」(あすなろ書房)「つるばら村のくるみさん」(講談社)「メイおばちゃんの庭」「海の魔法使い」(あかね書房)など、絵本に「シンデレラ」(ほるぷ出版)「ありがとうフクロウじいさん」(教育画劇)などがある。

【のっぽのサラ】
SARAH, PLAIN AND TALL
パトリシア・マクラクラン作

152p、19cm NDC933

のっぽのサラ
2003年9月30日　初版発行
2025年10月5日　9刷発行

訳者：金原瑞人
画家：中村悦子
装丁：鈴木ひろみ
フォーマット：前田浩志・横濱順美

発行人：小宮英行
発行所：株式会社 徳間書店
〒141-8202 東京都品川区上大崎3-1-1 目黒セントラルスクエア
TEL 販売(049)293-5521 児童書編集(03)5403-4347 振替00140-0-44392
本文印刷：本郷印刷株式会社 カバー印刷：日経印刷株式会社
製本：東京美術紙工協業組合
Published by TOKUMA SHOTEN PUBLISHING CO., LTD., Tokyo, Japan. Printed in Japan.
徳間書店の子どもの本のホームページ https://www.tokuma.jp/kodomonohon/

ISBN978-4-19-861745-5

大草原に花ひらく、やさしい愛の物語

パトリシア・マクラクラン 作

のっぽのサラ

草原をぬけて、のっぽのサラが、うちへやってきました。パパの新しいおくさんになってくれるかもしれない人です。でも、サラは、故郷の海が恋しくてたまりません。このままずっと、サラがうちにいてくれたらいいのに…。
「家族になる」ことを描いたやさしい愛の物語。ニューベリー賞、スコット・オデール賞を受賞。
****
金原瑞人 訳／中村悦子 絵／B6判

草原のサラ

家族四人で幸せにくらしていたのもつかのま、草原は大干ばつにみまわれました。井戸の水はかれ、おとなりのマシューさんも、この土地から出ていってしまいました。

火事で大事な納屋を失い、わたしたちは、サラの故郷の海辺へ移ることになりました。パパをひとり、大草原にのこして…。

厳しい自然で深まる家族の絆を描いた愛の物語。『のっぽのサラ』の続編。

****

こだまともこ 訳／中村悦子 絵／B6判